ai 6 anni

Il Mulino a Vento

Per volare con la fantasia

GRUPPO EDITORIALE
RAFFAELLO

8

Collana di narrativa per ragazzi
diretta da
Luigino Quaresima

Direttore di collana: *Luigino Quaresima*

Coordinamento redazionale: *Emanuele Ramini*

Redazione: *Salvatore Passaretta*

Progetto Grafico e Impaginazione: *Letizia Favillo*

Copertina: *Dania Fava e Letizia Favillo*

Nuova Edizione 2009

Iᵃ Edizione 2002

Ristampa

7 6 5 4 3 2 1   2016 2015 2014 2013 2012 2011 2010

© 2009   **GRUPPO EDITORIALE RAFFAELLO**

CERMET
SISTEMA DI GESTIONE CERTIFICATO
QUALITÀ UNI EN ISO 9001:2000

e–mail: info@ilmulinoavento.it

http://www.ilmulinoavento.it

Printed in Italy

Luigino Quaresima

AVVENTURE...
A SCUOLA

Illustrazioni di
Cesar

La scuola è iniziata da alcuni giorni, ma l'aula è ancora spoglia.

La maestra Serena propone:

– Bambini, vogliamo abbellire le nostre pareti?!

Sìì!!!

Il giorno dopo i Bendols vanno a scuola con tutto l'occorrente: tempere di tanti colori e pennelli rotondi, piatti, piccoli e grandi.

Mentre la classe gioca in cortile, essi, quatti quatti, rientrano in aula e si mettono al lavoro.

Al rientro
la maestra rimane
sbalordita e si mette
le mani nei capelli: l'aula è tutta
imbrattata di colori!
– Che avete combinato? – chiede infuriata.

– Abbiamo cercato di abbellire l'aula! – si giustificano Benny e Dolly.

La maestra guarda, guarda... poi si calma improvvisamente.

Mi avete dato un'idea: faremo i murales!

– Che?... – chiede Dolly incuriosita.

– Sì, i dipinti sulle pareti. Ma lavoreremo insieme, chiaro?

Io voglio disegnare il sole e le nuvole!

No, è meglio il mare con tutti i pesci!

Gli alunni sono entusiasti.

Io un prato fiorito!

No, è meglio...

– Calma, calma! – interviene la maestra. – Ci vuole un progetto. Per domani ognuno di voi porterà il disegno di ciò che preferisce.

Nel pomeriggio Dolly disegna tante farfalle dalle forme e dai colori più strani, mentre Benny dipinge formiche, lucertole e coccinelle.

La mattina dopo, sul tavolo dell'insegnante, si mescolano animali, fiori, alberi, nuvole e bambini che giocano.

– Bene – dice la maestra, – ora tutti al lavoro!

E assegna ad ogni alunno la propria parte da decorare sulla parete di fondo.

Dopo 11 barattoli di tempera terminati, 5 versati a terra, 17 pennelli consumati, 8 rotti, qualche dispetto e mille risate...

...finalmente la parete di fondo si è trasformata in uno splendido prato fiorito ed animato.

Passano alcuni giorni e la maestra Marina propone ai bambini di andare ad osservare, come veri scienziati, il prato della scuola.

Gli alunni sono entusiasti.

Tutti si organizzano: chi prepara la macchina fotografica, chi la lente d'ingrandimento, chi un cestino per raccogliere fiori e foglie, chi una scatola coi buchi per qualche animaletto.

I colori sono straordinari: rosso, giallo, arancione, marrone e verde.
I bambini corrono, saltano, scherzano e... osservano.

Raccolgono foglie, semi, fiori e scattano una foto dietro l'altra.

– Ho preso una lucertola! – grida Benny.

– È un po' addormentata, mi sembra – dice la maestra. – Portiamola in classe per osservarla, poi la lasceremo libera.

I bambini sono incuriositi e studiano la lucertola in tutti i particolari.

– Portate pure altri animali a scuola – propone la maestra. – Impareremo a conoscerli meglio e a rispettarli.

Il giorno dopo i Bendols arrivano a scuola con una paperetta in un cestino. L'hanno presa di nascosto da nonna Teresa.

È simpatica!

Fa tenerezza!

La paperetta è una curiosona:
gironzola
fra i banchi,

ascolta
le spiegazioni
della maestra,

Qua! Qua!
(Ho imparato tutto,
ora sono stanca!)

si accovaccia
nel suo cestino e si addormenta.

Qua! Qua!
(Ciao a tutti!)

Più tardi si sveglia, spicca un volo verso la finestra e scompare nel cortile.

Nel cestino è rimasto un bell'uovo fresco fresco!

La maestra è preocuppata.

Manda Benny e Dolly, accompagnati dalla bidella, a riprendere la paperetta.

I Bendols la chiamano con dolcezza, ma non c'è niente da fare.

La paperetta gironzola incuriosita per le vie cittadine e ammira tutta la merce esposta nelle vetrine.

I Bendols provano
a prenderla
con le cattive,
ma non c'è niente da fare.

La paperetta attraversa un incrocio incurante dei richiami del vigile urbano...

Infine spicca un volo e va a tuffarsi nell'acqua fresca della fontana del Dio Nettuno, in compagnia dei pesciolini rossi.

Qua qua!!!!
(Adesso sì che sto bene!)

La paperetta vede brillare in fondo alla vasca le monetine lanciate dai turisti, si tuffa e comincia a beccarle.

Dopo un po', però, con tutto quel peso sullo stomaco, non riesce più a risalire.

I Bendols non ci pensano su due volte. Si gettano in acqua con i vestiti e le scarpe e riportano in superficie la loro paperetta.

Ora i Bendols tornano a scuola tenendo ben stretta fra le mani la loro paperetta.

– Bambini, ho cambiato idea... – esclama la maestra. – Non portate più animali a scuola, per carità! C'è da impazzire!

Passa qualche settimana.
Benny e Dolly si trovano a mensa.
La maestra Irma si lamenta:
– È vergognoso, bambini! Il cibo resta tutto nel piatto. È uno spreco, dovete mangiare di più!

I Bendols pensano di far contenta la maestra risolvendo il problema a modo loro.

È un gran segreto, perciò bisbigliano con aria misteriosa:

– Lo facciamo, Benny?!

– Io sono d'accordo!

Vanno da nonna Teresa e, di nascosto, prendono un barattolino di vetro che contiene una polverella rossa.

– Questa è la polvere dell'appetito – dice Benny.

– Sarà un successo, e la maestra ci darà un premio! – esclama Dolly.

Il giorno dopo, a mensa, i Bendols spargono, senza farsi accorgere, un po' di quella polverella su
ogni piatto.

Il risultato è immediato, ma...
dopo il primo boccone nessuno
mangia più.

Neanche la maestra ha la forza di mettersi in bocca il cibo.

– Avete ragione, bambini, vi capisco. Questa pasta... forse c'è qualcosa che non va!

Nei giorni seguenti nessuno tocca più cibo. E questo anche a casa. Arriva il direttore, arriva il medico, arriva il sindaco...

Tutti sono preoccupati, ma non sanno trovare un rimedio.

Un atroce dubbio comincia a serpeggiare nella mente dei Bendols.

– Forse, senza volerlo, abbiamo preso il barattolo dell'inappetenza... – si lamenta Dolly.

– Sì, quello della cura dimagrante...

– ...Invece di quello dell'appetito...

– Andiamo! – grida Benny. – Dobbiamo rimediare.

I Bendols tornano da nonna Teresa e prendono, senza farsi accorgere, il barattolino con la polverina verde.

A scuola ne cospargono un po' in ogni piatto e...

– È un miracolo! – esclama la maestra.

Tutti mangiano avidamente e in un attimo i piatti sono completamente vuoti.

– È un mistero! – esclama la maestra. – Così all'improvviso... chi sarà stato?

I Bendols si guardano, sorridono soddisfatti, ma non possono scoprirsi... Se la sono vista proprio brutta!

Passano altre settimane e un giorno Ot si intrufola nell'aula.

– Attento, Benny, arriva la maestra! – avverte Dolly.

Sta' buono qui!

Benny trova subito la soluzione: chiude Ot nell'armadietto.

Mmmmm!
Uuuuu
(Aiuto!)

Entra la maestra Serena e comincia la sua lezione, ma... uno strano lamento la fa interrompere.
– Chi sta male? – chiede.

– Ahi, ahi!... mi fa male la pancia! – piagnucola Benny.

– Prova ad andare al bagno, ti passerà!

– Subito!...

Benny è uscito dall'aula, ma il lamento continua.

La maestra pensa ad uno scherzo.

Dolly, però, è tutta piegata in avanti e si tiene la pancia.

– Vai al bagno anche tu!

– Vado!...

Ahi!... Uuuuuu!...

Benny rientra, ma seguita a lamentarsi.

Dopo un po' rientra anche Dolly, sempre fra i lamenti.

Ot guaisce ancora più forte.

Altri alunni cominciano a lamentarsi.

In pochissimo tempo tutti gli alunni, uno alla volta, si tengono la pancia per il dolore: sembra ormai... una vera epidemia!

La maestra, agitatissima, esce per telefonare al medico.

I Bendols subito fanno uscire lo spaventatissimo Ot.

Arriva il medico tutto allarmato.

– Un'intera classe con il mal di pancia?! Dobbiamo evitare che il contagio si estenda alle altre classi!... Per sicurezza, chiudiamo la scuola per tre giorni!

I Bendols sono orgogliosi di quanto hanno fatto, ma se ne stanno mogi mogi, tenendosi la pancia per paura di essere scoperti.

I compagni cercano di mascherare la loro felicità per la vacanza inattesa.

Ot abbaia contento.

Viva le vacanze!

Ci divertiremo tanto!

Trascorrono altre settimane fra compiti, risate, scherzi e... piccole avventure.

Il tempo scorre veloce e...

Ed eccoci alla fine dell'anno scolastico!

PER
COMPRENDERE
MEGLIO

Schede didattiche a cura di
Cristina Cicconi

DISEGNA E COLORA

Aiuta i Bendols a completare e colorare il "murales".

QUANTI ANIMALETTI!

🌼 Colora con il rosso i nomi degli animali che i Bendols hanno disegnato nel "murales", con il verde quelli che hanno portatto a scuola per osservarli con i compagni e la maestra e con il blu quelli che non sono nel racconto.

cane

coccinella

paperetta

ragno

Formica

zebra

gallina

lupo

leone

gatto

lucertola

Farfalla

giraFFa

coniglio

cervo

MESSAGGI SEGRETI

Esplora questo prato con la lente di ingrandimento e leggi il messaggio portato dai fiori.

I BENDOLS

E I LORO

SI DIVERTONO

MOLTO, IMPARANO

AMICI

A

SCUOLA

OSSERVANDO,

SPERIMENTANDO E

RICERCANDO

COME VERI

SCIENZIATI

Messaggio

_ _ _ _ _ _ _ _ _ _ _ _ _ _ _ _ _ _

_ _ _ _ _ _ _ _ _ _ _ _ _ _ _ _ _ _

_ _ _ _ _ _ _ _ _ _ _ _ _ _ _ _ _ _

LA PAPERETTA A SPASSO

Nelle frasi che seguono manca sempre l'ultima parola. Trovala e scrivila!

La papera spicca il volo verso la finestra e scompare nel

Nel cestino è rimasto solo un

La paperetta curiosa gironzola per le vie cittadine e osserva le

----

Infine si tuffa nella

IL CRUCISILLABA

Completa il cruciverba (una sillaba ogni rettangolo) e potrai scoprire chi si nasconde nelle tre caselle evidenziate.

	1	
2		
3		
4		
	5	

1- Lo è Ot.

2- La sedia serve per stare...

3- Ci vive la balena.

4- Femminile di bambino.

5- Contrario di ultimo.

Serie Blu (a partire dai 9 anni)

Serie Un tuffo nella storia

Nuovi titoli

Serie I Classici

Puoi comunicare

- le tue impressioni   - i tuoi desideri
        - le tue proposte

Scrivendo a:

RAFFAELLO EDITRICE
Via dell'industria, 21
60037 Monte San Vito (AN)
info@ilmulinoavento.it

aVRai SeMPRe UNa RiSPoSTa!

Puoi trovare il catalogo completo
del Mulino a Vento con le ultime
novità all'indirizzo:
http://www.ilmulinoavento.it

Avventure a scuola